Scrittori italiani e stranieri

Mauro Corona

FAVOLA IN BIANCO E NERO

MONDADORI

Dello stesso autore in edizione Mondadori

I misteri della montagna
Una lacrima color turchese
La voce degli uomini freddi
Guida poco che devi bere: manuale a uso dei giovani per imparare a bere
Venti racconti allegri e uno triste
Come sasso nella corrente
La ballata della donna ertana
La fine del mondo storto
Torneranno le quattro stagioni
Il canto delle manére
Storia di Neve
Le voci del bosco
Cani, camosci, cuculi (e un corvo)
I fantasmi di pietra
Vajont: quelli del dopo
L'ombra del bastone
Storie del bosco antico
(disponibile anche nella collana Audiobook, con cd audio)
Aspro e dolce
Nel legno e nella pietra

Favola in bianco e nero
di Mauro Corona
Collezione Scrittori italiani e stranieri

ISBN 978-88-04-66114-6

I edizione novembre 2015

Favola in bianco e nero

Alla memoria del mio caro Icio che,
beato lui, credeva nel Natale.

Questa è un'opera di fantasia. Qualsiasi analogia o coincidenza con personaggi esistiti o esistenti e fatti veramente accaduti o in procinto di accadere è da considerarsi fortuita e non intenzionale.

Erano passati quasi due anni, da quel Natale senza fede e senza Bambin Gesù. Da quel dicembre angosciato quando, dai presepi dell'intero mondo cristiano, era scomparsa la statua del Salvatore. Anni di domande, di perché, di dubbi. E una sola risposta: "Causa nostra". Ma nessuno lo diceva a voce alta. E tutti ancora tacciono.

Il piccolo Gesù se n'era andato di sua volontà, stanco fino alla nausea dell'ipocrisia degli uomini, del clero, dei politici, dei potenti e miserabili e di tutti quelli che professano il credo nel Signore e poi razzolano da ipocriti. Ben stretti assieme, costoro formano un immenso esercito di falsi che rinforza i suoi plotoni con materiale nuovo e raffinato giorno dopo giorno, in tutto il pianeta. E ancora, giorno dopo giorno, puntualmente questi cristiani si scandalizzano del mondo feroce. Ma solo per il tempo massimo di tre giorni. Inorridiscono di fronte ai mozzatori di teste dell'Isis, ai talebani che distruggono opere d'arte, abbattono i templi della cristianità. Si indignano per i mafiosi con tanto di chiesine occultate nei covi, i politici moralisti che si scagliano contro la prostituzione e poi si fanno beccare con due puttane per volta, o con travestiti, o giovinetti, eccetera, eccetera. Si scandalizzano, giustamente, per i preti pedofili, i cardinali pedofili, i vescovi e i monsignori ricchi sfondati, con attici in capitale da settecento metri quadri. Insomma si scandalizzano per questo mondo malato e altro ancora. Forse non s'accorgono, o non vogliono accorgersi, che loro, ma è più esatto dire tutti noi messi assieme, salvo qualche eccezione, siamo in maniera più o meno spinta uguali a quelli sopra citati. Uguali e complici.

Nessuno si chiami fuori dalla scomparsa del Bambin Gesù. Non è necessario mozzargli la testa fisicamente per decapitare una persona. La quale, non certo a sua insaputa come quello della villa in Colosseo, ha decapitato altri. Tutto il mondo senza testa finché rimarrà un solo esemplare. Un esemplare umano re del mondo che, preso dal terrore di solitudine, se la taglierà lui stesso senza pensarci un attimo. Ci stiamo sterminando a parole e coltellate predicando fede, bontà e tolleranza. Basta accendere la tivù per vomitare a stomaco vuoto. Tutti bravi e buoni. Capaci, a parole, di risolvere situazioni di ogni gravità, le quali stanno peggiorando in attesa di esser risolte da quelli che dicono saperle risolvere. Intanto tagliamo teste ai nostri vicini, ai nostri lontani, a chi ci pare. E ovvio che farlo realmente è azione orrenda che abbassa l'uomo al piano inferiore delle belve, se mai realmente vi si sia innalzato al di sopra. A tal proposito sorgono parecchi dubbi. Ma decapitare moralmente, e con vigliaccheria, se non è peggio ci si avvicina.

C'era una volta un cantastorie, e per fortuna c'è ancora. In una canzone volle farci capire che nessuno si può sottrarre dal consorzio umano e dire "io non c'entro". "La storia siamo noi" recita una strofa della sua canzone. In quelle parole l'artista ci tira le orecchie. Vuole ricordarci, visto la nostra poca memoria, che tutto quel che succede nel mondo avviene quasi sempre per causa nostra. "La storia siamo noi". Questa frase vale pure per la guerra, che notiamo solo negli altri, che vediamo combattere dai popoli in altre nazioni. Invece, "La guerra siamo noi". Lo si dovrebbe gridare tutti insieme, parafrasando il famoso cantautore: la guerra siamo noi.

Fatte le debite eccezioni, è piuttosto palese che non siamo buoni come ci piace far credere. E lo ribadiamo ogni giorno, se per caso qualcuno si fosse addormentato. Essere buoni esige esercizio costante fatto di esempi e atti concreti e non comporta dimenticanze o distrazioni. Affermarlo soltanto non basta. Oltretutto, per dire le bugie ci vuole buona memoria. Ma siccome di memoria ne abbiamo poca, fingiamo di esser buoni, predichiamo la bontà e di lì a qualche attimo ci smentiamo clamorosamente. Coi fatti o con la voce.

La realtà è che siamo invidiosi, rancorosi, vendicativi, ce la leghiamo al dito. Abbiamo dimenticato le parole perdono, tolleranza, carità, generosità. Siamo razzisti, xenofobi, rabbiosi, acuminati e drastici. Soprattutto contro il diverso. Chi il diverso lo tollera e lo aiuta, tiene in serbo altri capri espiatori su cui esercitarsi e dar sfogo al suo "non bene". Peggio ancora, ci ergiamo a giudici delle azioni altrui, del male nel mondo. Notiamo la pagliuzza evangelica nella pupilla dell'immigrato e ignoriamo la ramaglia che intasa i nostri occhi.

Ormai, l'esistenza di noi umani è disumana, non c'è più il "buon combattimento" invocato da San Paolo e spesso citato da Magris nei suoi scritti. Il buon combattimento è finito da un pezzo. Anzi, forse non c'è mai stato. Ai giorni odierni prevale il "feroce combattimento" dal quale nessuno, o ben pochi, decidono di stare fuori. La parola amicizia non ha più valore, salvo in rarissime eccezioni. Si dice "un mio amico", o il talaltro amico, più per indicare qualche conoscenza che una vera amicizia.

La vera amicizia per fortuna esiste ancora. Si palesa ogni tanto qua e là, come un mirtillo bianco, è una forma d'amore con meno tradimenti che tra un uomo e una donna. Poi c'è quella fasulla, non sincera, l'amicizia falsa in merito alla quale La Rochefoucauld fu piuttosto drastico. «Nelle disgrazie dei nostri migliori amici, c'è sempre qualcosa che non ci spiace affatto.» Questo affermò La Rochefoucauld, e aveva pienamente ragione. Siamo amici per comodità, convenienza e tornaconto futuro, ma se ai nostri pseudo amici succede qualcosa, sotto i baffi ce la ridiamo.

Un altro cantante famoso, ora non più sui palchi del mondo bensì intento a scrivere ottimi libri, lanciò a suo tempo la canzone *Dio è morto*. Dio non è morto, se n'è andato, ha voltato le spalle inorridito. Stomacato dall'individuo che lui stesso aveva plasmato e a cui aveva dato vita. Se n'è andato ancora in fasce, meglio dire in paglia e fieno, appena rotolato nella mangiatoia. Dio non è morto, è fuggito via, s'è nascosto agli esseri umani. A coloro che dicono di amarlo e lo massacrano. Questo era il tema di due anni orsono, quando dai presepi dell'intero pianeta era scomparsa la statua del Bambin Gesù. A chi fosse sfuggito quell'incredibile fatto, può trovarlo nel libro *Una lacrima color turchese* di un certo Mauro Corona, scrittore rancoroso per assenza di successo e premi letterari.

Il Natale dovrebbe essere una fiaba che accompagna la nascita del redentore e i buoni sentimenti. Questa invece è una fiaba gelida, cresciuta sulla morte dei buoni sentimenti e la fuga di Gesù. Quella volta fuggì in Egitto, coi genitori e un asino, per scampare alla furia cieca di Erode. Oggi fugge dalla furia cieca di miliardi di Erodi, ben peggiori del primo. È scappato per non vedere cosa fanno i suoi seguaci, per non sentire quello che esce dalla bocca dei suoi fedeli. Fuggirà per sempre il Bambin Gesù. Non vuol stare un minuto in più con gli uomini, se la vedano da soli, coltivando con metodo l'odio fino a loro prossima estinzione.

La guerra siamo noi. Che ammazziamo il gatto del vicino perché ha sconfinato nel nostro cortile. Che cerchiamo di fregare l'amico a ogni passo, in barba a quella parola tanto sprecata chiamata "amicizia". Che ci teniamo il marcio dentro, come vasi canopi sigillati e muti per paura di esser inquadrati, scoperti, definiti.

La guerra siamo noi. Che tentiamo di prevaricare sul nostro prossimo, sul nostro vicino, sul nostro compagno di banco e di lavoro. Che godiamo delle disgrazie altrui, sornioni e finto contriti, mentre ci freghiamo le mani. Che consideriamo fortuna i buoni risultati e le capacità degli altri, mentre imputiamo a nemici e detrattori i nostri fallimenti. Si fallisce da soli, come soli si crepa, senza bisogno di spinte esterne. Eppure le riceviamo.

La guerra siamo noi. Che non togliamo un euro dai nostri introiti per regalarlo a chi non ha nulla, nemmeno un morso di pane.

Per fortuna nel mondo dei presepisti a stomaco pieno e anima vuota stazionano anche persone perbene. Da queste il Bambin Gesù non scapperà mai. Se lo tengono stretto al cuore, lo pregano dando continui buoni esempi. Esempi imitati da nessuno, o da ben pochi. E loro intanto rimangono nell'ombra, dove stanno bene.

Si potrebbe andare avanti una vita elencando i motivi per i quali il pargolo divino era scomparso dai presepi del mondo due anni fa. Per due natali di seguito non ci fu e la gente si era presto abituata, visto che senza di lui stava tutto l'anno. Ma questo in parte è stato già detto nel libro di quell'autore rancoroso, urgeva soltanto rammentarlo nella forma di preambolo. In realtà era una scusa per iniziare questa seconda fiaba gelida. Parabola di Natale senza luci, per molti versi l'esatto contrario della precedente.

Allora, dicevamo, erano trascorsi due natali da quando il Bambin Gesù sparì dai presepi del mondo. Non senza una certa apprensione, la gente del nobile regno cattolico si preparava alla festa. Tutti quelli già citati, di salda fede cristiana e poca memoria, pensarono ai riti sdolcinati conditi di buonismo e all'albero addobbato. Con parecchio anticipo iniziarono ad allestire i presepi. Dopo la batosta dell'ultima volta, dove tutte le statuine del santo bambino erano scomparse, volevano vedere cosa succedeva nel prossimo evento. Poteva darsi anche niente. Con ogni probabilità non capitava niente. Tutto sarebbe tornato alla normalità dei ritmi usuali, scanditi da secoli di tradizioni, campane e messe di mezzanotte. Anzi, messe delle ventuno.

Invece non fu così.

Qualcosa capitò eccome. E quel che capitò lasciò gli eserciti dei presepisti meno spaventati dei natali precedenti ma molto più attoniti e scioccati. E, se vogliamo dirla tutta, la maggior parte piuttosto seccati.

Avvenne ancora tutto di sera, all'inizio della festa, nel solito paesino di montagna, dove due natali prima la signora Leonilda aveva notato l'assenza del Bambin Gesù.

Iniziò a nevicare. A dire il vero, fioccava in tutte le valli. Un Natale senza neve non è Natale e la gente aveva pregato perché venisse la neve. La gente prega per ottenere qualcosa, dalle guarigioni alle vincite al superenalotto. Vorticante e soffice la neve calò dai monti, copiosa. Nevicò come non si vedeva da tempo. E dove non nevicava, alle quote basse del mondo, il presepe trionfava lo stesso nell'angolino apposito di tutte le case.

Quando la gente del paese si svegliò, conclusi gli auguri di rito, s'apprestò alla colazione. Ma prima dette un'occhiata al presepe. C'era ancora il neonato? Dopo il caso della scomparsa, infatti, tutti spiavano il Bambin Gesù. Per questo balzò subito ai loro occhi una tremenda anomalia. Quale non fu lo sbalordimento nel constatare che le statuine dei pargoli santi stavolta erano due. Uno di pelle bianca, candida come la neve che copriva il paese, l'altro con la pelle color cioccolato. Entrambi vicini, uno accanto all'altro, sulla paglia magra della vita. Tutti e due con le braccine aperte, pareva si tenessero per mano.

Le reazioni della gente furono dapprima caute, in seguito piuttosto scomposte. Subito cercarono di rimuovere il negretto ma ogni tentativo risultò inutile. Non appena lo toglievano per ficcarlo in qualche cassetto, lui ricompariva al suo posto. Qualcuno, anzi molti, si innervosirono. Non volevano negri per casa perciò buttarono la statuina di legno nella stufa. Se l'immagine era di gesso o maiolica, la frantumarono a martellate ma niente. Il Gesù negretto appariva di nuovo nel presepe accanto a quello bianco. Avveniva come un guizzo nell'aria ferma e tutto tornava a posto: i Bambini Gesù erano doppi e si tenevano per mano.

In poco tempo, dal paese dove due anni prima era balzata la notizia della scomparsa di Gesù Bambino, partiva la notizia che i Bambini Gesù stavolta erano due. E si trattò di ulteriore novità esplosiva giacché in pochi giorni fece lo stesso giro del mondo, come l'altra volta. Ci vuol poco a immaginare che il fenomeno, o il miracolo, forse è meglio dire così, abbia scosso ogni mente, anche la più laica, la più atea, la più scettica. C'erano, è vero, gran masse di riottosi incaponiti a insistere si trattasse di un trucco, un imbroglio planetario. Ma, di fronte all'evidenza dei fatti, dovettero ripiegare su se stessi come le corna delle lumache a toccarle.

I razzisti, quelli che odiano i negri e vorrebbero sterminarli, balzarono dalle poltrone come tarantole. Badate bene, trattavasi di gente a posto che andava a messa la domenica e nelle feste comandate. Gente che faceva dell'etica una bandiera, dell'onore virtù, della lealtà una parte d'anima. Così almeno professavano, poi non si sa. Insomma questa gente qui, che non era poca, circa metà dell'Italia, giusto per stare da noi, si indignò. «Ma come? Un Bambin Gesù di colore, un negro? Non è possibile, non è accettabile!». Questo, abbaiavano. E allora via, come forsennati, a togliere il pargolo abbronzato (come ebbe a dire un politico) dalla sacra famiglia. E poi frantumarlo, pestarlo, farne poltiglia a colpi d'ascia o di martello. Ma appena alzavano gli occhi il negretto stava ancora lì, accanto al bambino bianco. Tentavano persino di pitturare a biacca la statuina, ma non serviva a niente.

Allora, col sangue agli occhi, eliminarono i presepi, integralmente, senza lasciare nemmeno un re mago, un pastore o una pecorella. Niente da fare. Sulla nuda pietra, sulle piastrelle del pavimento, sui tavoli, ovunque fosse stato sistemato il presepe appena divelto, appariva il Bambin Gesù di colore assieme a quello bianco.

I razzisti scoppiavano di bile, non ne potevano più. I razzisti dichiarati, ovviamente. Perché esistevano anche quelli segreti. Quelli che in pubblico predicavano l'uguaglianza tra i popoli, e in privato pestavano il bimbo di colore a martellate.

Successe proprio da noi, nella capitale. Un politico di grido (non perché fosse in gamba ma perché davanti a una telecamera urlava sempre) fu invitato assieme ad altri in tivù per commentare il fenomeno. Era tipo piuttosto battagliero. Della nobile causa sull'uguaglianza tra uomini di ogni razza, etnia, specie o colore, aveva fatto la sua bandiera raccatta-voti. Quella bandiera che lo aveva portato al Parlamento. E da lì tuonava su diritti umani e parità delle genti.

Iniziò il dibattito. Costui si produsse in difesa dei diversi. Salvini dissentiva, essendo di parere completamente opposto. Salvini è uomo schietto perciò come sempre diceva senza mezzi termini quello che pensava. Il negretto poteva stare, ma doveva comportarsi bene. Invece il politico urlatore diceva quello che non pensava ma gli tornava comodo dire.

Alla fine ci fu la pausa tg e i contendenti si ritirarono nei loro camerini. Si stava in periodo natalizio, nei camerini c'erano dei piccoli presepi. Ovviamente con due Bambini Gesù, uno bianco l'altro scuro. L'indomani sera, "Striscia la notizia" mandò in onda un servizio speciale. Si vedeva un tipo togliere da un piccolo presepe il Bambin Gesù di colore e calpestarlo con furia. La telecamera indugiò sulle scarpe che picchiavano trascurando che, nel frattempo, un altro pargolo cioccolato s'era già accomodato accanto al fratellino bianco. Il furioso calpestatore era il politico di grido. Non s'aspettava la telecamera nascosta. Invece i conduttori sospettavano di lui, del suo abbaiar bene e razzolare male, e avevano piazzato l'aggeggio.

Ma quanti ce n'erano come lui? Milioni. In America, i membri del Ku Klux Klan ingaggiarono eserciti di sapienti o sedicenti tali, per debellare il pargolo nero. Misero in azione, pagandoli a peso d'oro, sacerdoti e monaci, cardinali e filosofi, maghi e megere ovviamente razzisti, pur di annientare l'anomalia divina del Gesù colorato. Fecero esorcismi e magie, invocazioni e satanismi per far sparire il Bambino color cioccolata. Niente da fare, il piccolo rimaneva al suo posto, assieme al fratellino pallido.

Allora, i più feroci presero un'ultima, drastica decisione: demolire, dilaniare, smembrare, far saltare con la dinamite e smantellare con le ruspe le loro case dove aveva osato collocarsi l'intruso di colore. Lo fecero senza scrupoli né mezze misure. Rasero al suolo le abitazioni dove erano nati e vissuti, ora profanate da un nero. E lì, sulle macerie desolate, raspate dalle pale meccaniche, finalmente non apparvero più pargoli di nessun tipo.

Non apparve più nulla, soltanto la polvere dei ricordi, pallida traccia di quello che fu pensato tra quei muri. Pensieri malvagi, crudeli, piani per debellare i neri. I razzisti del KKK gongolarono: «Abbiamo vinto!» urlavano. Si davano pacche sulle spalle. Avevano vinto, infatti, ma per poco.

Di lì a qualche ora i Bambini Gesù, rigorosamente assieme, rigorosamente uno bianco, uno nero, si materializzarono nelle loro tasche. E non c'era verso di eliminare quello scuro. Più toglievano il negretto, più lui rientrava in tasca. Saltava come un grillo nelle tasche dei razzisti. E là rimaneva attaccato come una cucitura.

E non finì così. In pochi giorni si infilò nelle tasche di tutti i razzisti del mondo. Molti bruciarono i vestiti, ma faceva freddo. Allora stavano in casa nudi, ma non giovò. Il pargolo nero apparve agganciato a una collana, attorno ai loro colli puri, bianchi come la neve. E lì restava, nonostante gli strappi e le tirate furiose per rompere le maglie.

Nessuno di quegli zelanti, stoici razzisti pensò di tagliarsi o farsi tagliare la testa, per risolvere il problema una volta per tutte. A pensarci bene, era una buona soluzione, due piccioni con una fava. La Storia riporta malvagità e cattiveria sotto il nome di male. Dire "il male" però è troppo generico, forse anche teologico, bisogna dire "crudeltà", "ferocia", "metodo".

D'ora in avanti le fiabe di Natale saranno cattive. Basta nevicate, campane, angeli e stelle comete. Le storie devono essere cattive. Perché gli uomini lo sono. Anche quelli non ancora nati. Nasceranno e diventeranno futuri cattivi. Con qualche eccezione, ovviamente. Che però non serve a nulla, né cambia la situazione.

Avvenne in quei giorni che non solo i razzisti cercarono, senza successo, di eliminare il bambino colorato. Lo fecero anche molti predicanti di fede salda e provata. Gente che professava l'uguaglianza tra i popoli, come il politico abbaiante. Costoro, tolleranti solo a chiacchiere, buoni col dito puntato, dicevano di non fare differenze tra essere umani, idiomi o colore della pelle. Ma... c'era un "ma". No, un bambino nero nel loro presepe proprio no. Non per niente ma... Insomma non stava bene, non era normale, quel bambino proprio lì non doveva starci. E poi... dài, non avevano nulla contro i neri ma il Bambin Gesù, diamine, doveva essere uno solo. Soprattutto bianco.

«Suvvia, non siamo razzisti, al massimo tradizionalisti, mettiamo conservatori. O quello che volete, ma razzisti no. Diciamo conservatori, dài. Come si fa a cedere spazio nella mangiatoia a questo piccino scuro? Poverino, non ha colpa, lo sappiamo bene, ma le tradizioni sono tradizioni, robe sacre che vanno rispettate. Gesù è bianco, c'è poco da fare.» Questo dicevano i fedeli.

Ma anche per loro non c'era niente in cui sperare. Volenti o nolenti dovevano accettare il bimbo nero assieme a quello bianco. Nessuno al mondo riusciva a rimuoverlo, né a separarlo dal pallido fratellino di mangiatoia.

Nel frattempo, in seno a partiti politici che non tolleravano gente di colore nonostante fingessero il contrario, ci furono disordini. Il popolo degli iscritti protestò coi capi esigendo che ponessero fine in qualche modo all'onta insopportabile dei due Bambini Gesù. Era una buffonata. Poi aggiustarono il tiro. Intuirono che forse non era una buffonata, bensì un monito. Allora cambiarono richiesta.

Di pargoli al presepe potevano starcene anche quattro o cinque, a loro non interessava. A loro premeva che non ci fosse quello di colore. Dopo le prime rimostranze, però, si rassegnarono. Come tutti, del resto.

Capirono, e potevano arrivarci prima, che il fenomeno apparteneva a un altro mondo, non a questo, dove il diverso viene emarginato. E a volte eliminato. Ora bisogna fare un appunto.

Nei paesi di colore come l'Africa, e altri luoghi dove la pelle degli uomini era scura, anche il bambino nella mangiatoia era scuro. Scuro e solo ma per poco.

Il giorno prima di Natale di quel terzo anno bizzarro, apparve accanto a lui un Bambin Gesù bianco. E quella gente lo lasciò lì, non lo tirò via. Lo lasciò assieme all'altro perché, dissero, uno in più non faceva male a nessuno anche se era bianco. Bianco o giallo, a loro non importava. Restasse pure dov'era. Così dissero. Tutti, all'unisono.

E lo lasciarono lì, che crescessero insieme, affinché brillasse nell'animo delle persone l'idea, e poi la convinzione, che siamo tutti uguali, bianchi e neri, gialli e blu. E anche variopinti come il vestito di Arlecchino.

Dall'Africa profonda sono partite le arti e le culture che hanno indirizzato il mondo. E delle quali il mondo ha fatto incetta per non dire man bassa. Il Bambin Gesù bianco adesso rendeva omaggio a quelle genti, a quella terra, ai suoi doni antichi. Così pensarono: che la sua comparsa fosse una grazia. E un grazie, visto che i visi pallidi non l'avevano mai detto.

I bianchi, invece, non la vedevano allo stesso modo. Razzisti e non, si dannarono l'anima per far sparire dai loro presepi il pargolo nero. Senza peraltro riuscirci. Intanto brontolavano, si affannavano, esprimevano giudizi. «Si stava meglio l'anno scorso, quando non c'era nessun Bambin Gesù nei presepi, piuttosto che oggi con due, uno dei quali nero.» Questo dicevano mentre distruggevano la statuina di colore che, dopo un lampo di secondo, appariva di nuovo nella mangiatoia.

Lungo il sentiero di questa fiaba cattiva, marcia una verità che al primo impatto potrebbe meravigliare. Ma, pensandoci bene, non vi è nulla di cui stupirsi. I più accaniti, infatti, nei tentativi di eliminare dalla mangiatoia il pargolo scuro, erano preti, vescovi, cardinali e quant'altro clero. Quelli che, in teoria, dovevano amare il "prossimo tuo come te stesso" tentavano di smantellarlo. Va da sé che non lo facevano in maniera palese, si guardavano bene dal rivelarsi. Impartivano ordini. Comandavano ai subalterni che operassero presto e portassero a buon fine lo smaltimento dell'intruso. Ovviamente fallivano. Fallirono però ci provarono. E provarono perché erano dei cristiani falliti.

Nonostante il papa avesse imposto di lasciare in pace il negretto dove stava, il clero voleva tirarlo via. Non tutto il clero, ma molti sì. Quando capirono che diventava ridicolo insistere, si fermarono. Però l'intenzione era quella e sputavano fiele. Alcune suore (una nel frattempo aveva partorito) lo spazzavano con la scopa dal momento che quel bimbo nero manco volevano toccarlo. Altri eressero un muro di cartone tra i due come per dividerli, senza peraltro riuscir-

vi. Nel frattempo alcune nazioni innalzavano muri di pietra per fermare i migranti.

Il papa veniva dall'Argentina ma aveva origini italiane. Uomo buono e intelligente, con solida cultura, cercava di mettere pace tra i popoli facendo combaciare il più possibile le idee degli uomini che formano i popoli. Impresa ardua, ma ci provava. Con tenacia, come provavano i suoi prelati a togliere il bimbo nero dai presepi.

In poco tempo, la figura di questo papa, il suo carisma, la sua forza serena erano esplose con un boato dentro un recinto di cavalli imbolsiti. La chiesa era fiacca e ripetitiva, lui tentava di aggiornarla, migliorarla, renderla viva. Per questo lasciava in pace i due Gesù. Lanciava parole che erano zampate, artigliate all'anima, facevano scalpore, suscitavano perplessità.

Correva il rischio che lo facessero fuori. Se non proprio fisicamente, con qualche diavolo d'inciampo. A rischio lo è tuttora. Seguita a indicare vie, condannare nefandezze e proporre cose che mai prima d'ora un capo della chiesa aveva osato. Speriamo resista e che Dio lo protegga, lo aiuti, lo salvi.

Come l'altra volta che era scomparso, questo nuovo caso natalizio di due Bambini Gesù scatenò la fame dei media. Balzarono all'assalto radio, televisioni, giornali, Facebook e altri canali di notizie, con avidità e spregiudicatezze sconosciute fino ad allora.

E, di nuovo come l'altra volta, vennero interpellati ogni categoria di esperti e cercatori dell'inutile. Filosofi, teologi, medici, psichiatri, veggenti, ministri di Dio, ministri di Satana, ministri del governo.

Poteva darsi che questi ultimi, i ministri del governo, se ne intendessero più di arcani che di ambiente, o di arte, agricoltura, sicurezza, protezione civile eccetera.

Vogliamo mettere un Alfano che risolve il caso

da solo e in anticipo annuncia, con verbo trionfale, di esser giunto finalmente a smantellare dai presepi il bambino di colore? Fatto epocale, biblico, roba da inserire nell'antico testamento.

Oppure un Franceschini che, nell'impossibilità di cavarsela, lascia tutto come sta. E si giustifica dicendo che il Bambin Gesù è patrimonio artistico dell'umanità da conservare con cura e ogni protezione possibile. Figuriamoci due! Doppia attenzione quindi, su con le orecchie e doppio rispetto al bimbo nero. Poi corregge "patrimonio artistico" con "bene spirituale" dei popoli.

Qualcuno salta su. Obbietta che pure i neri e i bianchi affondati sui barconi, che ancora annegano a centinaia, sono patrimonio dell'umanità. Forse sono soltanto umanità senza patrimonio. Il ministro è in difficoltà. Uomo intelligente e pratico, capisce.

Lo salva Buonanno con un intervento a gamba tesa. Efficace e risolutore com'è suo costume. Dice: «Non è competenza del ministro ai beni culturali, il caso migranti». E già che c'è, visto che ha preso la parola, prosegue affermando che, secondo lui, per separare il bambino chiaro da quello scuro, basta separare l'Italia del nord da quella del sud. Riceve molti applausi.

Il solito teologo, invece, quello che sa cos'è l'amore e frequenta salotti buoni e posti alla moda, quello che l'altra volta ne uscì a pezzi elucubrando teorie sul mistero, stavolta fu più cauto. Commentando la scomparsa del Bambin Gesù due natali orsono, aveva concluso così: «È bene che alcuni misteri restino tali e non vengano mai svelati». Interpellato di nuovo, stavolta disse che non vi era alcun problema, anzi, che due Bambini Gesù, di cui uno a pelle nera, non creavano problemi a nessuno se non a chi voleva crearseli. Il fenomeno sarebbe rientrato da solo, subito dopo le feste, com'era successo due anni prima. Del resto – proseguì – era cosa risaputa che la divina trinità è formata da padre, figliolo e spirito santo. O no?

Qualcuno gli obbiettò che, nel caso specifico, i Bambini Gesù erano due, non tre, o uno. Il teologo dei posti alla moda troncò la discussione con una verità difficile da cogliere. «Due è sempre meglio di uno» concluse perentorio. E aggiunse: «Se nero, ancora meglio. Chi dice che il Natale prossimo non siano tre?». Ma tre che cosa?

Si intuì poco quel che volesse dire. Vien da supporre non si riferisse a cancri, tumori, malocchi o incidenti. Di quelli, uno basta e avanza. Forse intendeva un amante? Un bel nero muscoloso? Chissà. Nel caso fosse così, buon per lui. Nessuno, in quell'occasione, gli chiese altro.

I mezzi di informazione ci dettero dentro a spallate. Claudio Sabelli Fioretti evitò d'impicciarsi. Non stava più a "Un giorno da pecora" e lasciò perdere. Non così Giorgio Lauro, ma fu educato con gli ospiti che farfugliavano «Via il nero».

Giuseppe Cruciani, col suo programma "La zanzara", aveva diviso l'Italia. Non come intendeva Bonanno, ma in senso ideologico. O, se vogliamo, politico. Metà Italia razzista, metà buonista. Invitava i personaggi più strampalati, colti, rozzi, puri, sporchi, attenti, pazzi.

Divise gli ospiti furbescamente in quelli che finivano in "ali" e quelli che finivano in "ori". Quindi: intellettuali, cardinali, ufficiali, commensali, statali, animali eccetera. Alternandoli prontamente con gli "ori": rocciatori, imprenditori, malfattori, dottori, imbonitori, imbalsamatori, scrittori, bevitori, falciatori. Più ne aveva più ne metteva. E ne aveva molti.

All'ultimo istante, quasi a feste passate, aggiunse quelli che finivano in "isti". Perciò animalisti, menefreghisti, socialisti, scafisti, moralisti, buonisti, artisti, ciclisti, affaristi e, dulcis in fundo, razzisti. Lasciò perdere camionisti e registi. Non volle dire perché.

Tutti però a infervorarsi sul tema dei due Bambini Gesù. Specie quello di colore. Perché, domandavano, s'era intromesso? Nessuno lo sapeva. Avanzavano ipotesi. E non era una novità. Da più di un ventennio in Italia non si fa altro che avanzare ipotesi. Anche di lavoro. Gli altri lavorano, da noi si "avanzano ipotesi di lavoro". Ora si lavorava a smantellare il bimbo. Ovviamente con ipotesi.

Uno di quelli che finivano in "isti", noto moralista difensore della famiglia, schierato contro gay, adozioni, eutanasia, eccetera, disse che non comprendeva più nemmeno Dio. Non capiva come poteva permettere un negretto nel suo presepe, accanto a lui! «Due maschi talaltro!» Farfugliava inorridito frasi senza senso.

Una cosa era certa e trapelava dalle sue parole: del redentore non aveva mai compreso niente, soprattutto ora che detto redentore permetteva a un altro di stargli vicino.

All'ultimo istante, lo scaltro Cruciani invitò pure quelli che finivano in "astri". Quindi furbastri, giovinastri, pederasti, pollastri, poetastri e via di questo passo.

Alla fine, dopo duemila ospiti che discettarono sul caso doppia nascita divina, Cruciani un risultato lo ottenne. Scoprire, e farlo sapere agli italiani, che più di mezza Italia era razzista. Quel più, oltre la mezza, erano i razzisti segreti, mai palesatisi in pubblico, che non prendevano posizioni chiare se non nelle loro teste. Con domande incalzanti e rapide, che non davano tempo di farsi furbi e parare il colpo, Cruciani svelò razzisti e xenofobi che mai ci si sarebbe aspettati.

Un politico d'alto rango e bassa statura (s'intende morale) dichiarò al conduttore di non avere nulla contro i neri. Figurarsi quel Bambin Gesù accanto al bianco! Ben venga! E ben resti. La sua, disse, era solo una reticenza sensoriale, un respingimento ottico, un rifiuto pigmentale. Insomma, per spiegare, non sopportava il colore marrone. Né quello scuro né quello chiaro. Di conseguenza, tutto ciò che aveva simil tinta gli faceva venire il voltastomaco. Persino la Nutella e le castagne.

Cruciani, da buon giornalista qual è, gli disse: «Mi faccia vedere le scarpe». E le scarpe erano marron cioccolata. Non si fidava, Cruciani.

In quella lunga inchiesta entrava fauna umana di ogni tipo. Un buon giornalista si deve fidare di niente, diffidare di tutto e mai fidarsi delle parole. Soprattutto sospettare e dubitare. In primis di se stesso.

Si potrebbe andare avanti giorni interi nell'analisi accurata degli argomenti che gli invitati portarono ai mass media riguardo il doppio Bambin Gesù...

Intanto qua e là si riunivano i grandi del pianeta. Una volta erano quattro, una volta otto, una volta dodici. A seconda delle stagioni erano quelli che erano. Insomma, i grandi del pianeta aumentavano o diminuivano in base agli equinozi, le bizzarrie del meteo e i luoghi di raccolta. Questa volta si riunirono a Bruxelles, dove due anni prima il parlamento europeo aveva decretato che i Bambini Gesù dovevano essere tutti uguali. Soprattutto senza identità. Come la cioccolata senza cacao o la ricotta senza siero o il formaggio di latte in polvere. Cosa stavano tramando ora, con due Bambini Gesù in ballo di cui uno nero?

I grandi del pianeta sedettero attorno a un tavolo per decidere qualcosa. Occorreva far presto. Siccome le cose belle durano poco, le feste passano veloci e il problema si sarebbe risolto da solo, precipitando i grandi nella voragine della brutta figura. Alla fine, dopo spossanti sedute partorirono la decisione. I due Bambini Gesù, bianco e nero, potevano rimanere in mangiatoia uniti e contenti.

Qualcuno fece notare ai grandi che uniti erano già, separare i pargoli era impossibile. Per quanti sforzi si facesse, il negretto tornava sempre accanto al bianco. A separarli ci aveva provato il mondo intero, senza riuscirci. I grandi risposero che lo sapevano, ma occorreva verbalizzare il tutto con atto ufficiale che andasse a impolverarsi negli archivi. Partorirono ovvietà. Pareva ascoltare Massimo Boldi quando affermava: «Da noi la padella si dice padella, come dite voi padella? Padella!» rispondeva Boldi a se stesso. I grandi cantavano la nenia di Natale tra di loro, verbalizzando decisioni così scontate che a confronto le parole di monsieur De La Palisse risultavano inesplicabili. Grandi del pianeta, soluzioni bonsai.

Occorre dire che non era possibile risolvere la faccenda. Qualsiasi trovata non avrebbe mai tolto di mezzo il Bambin Gesù color cioccolato. Quando ci provavano, esso tornava al suo posto in un batter di ciglia.

Allora i grandi si augurarono una cosa assai lontana, con sapore di profezia. Non è dato sapere se la verbalizzarono. Però fecero sapere al mondo che, secondo loro, i due Bambini Gesù sarebbero cresciuti insieme e in pace. E così dovevano fare gli uomini. Almeno se lo auspicavano. Auspicare era il verbo più in voga tra i politici.

A quel punto intervenne il parlamento europeo. Un gruppo di bastian contrari, chiamati in gergo dissidenti, disse che per gli uomini era più difficile. Il divario tra bianchi e neri, in barba alle statistiche, era ancora molto marcato. Anche se certi imbonitori facevano credere il contrario, la realtà èra quella.

I dissidenti, ma forse erano razzisti, conclusero che un bianco e un nero messi insieme difficilmente combineranno qualcosa di buono. Dissero proprio così: «Nulla di buono». Tanto valeva tenerli separati. Gli uomini non erano Bambini Gesù, potevano essere divisi. Quindi, ognuno a casa sua.

Un giornalista di stazza mastodontica, né allegro né gioviale, né simpatico né buono, certamente bravo, si stancò dei dibattiti. Sul caso dei Bambini Gesù aveva sfoggiato tutto il suo sapere e s'era sgonfiato. Disse che per Natale prossimo si augurava un po' di Befane: «Speriamo che il Padreterno mandi un battaglione di befane, non una sola. Un folto esercito di befane da mettere a scopare. Con tutta la neve che intasa le strade le mettiamo a scopare». Così disse. Probabilmente aveva bevuto, di sicuro aveva mangiato. Un vero duro, maschilista e tronfio fino a scoppiare. E scoppierà.

Il ministro del faticare, incarico dei più nobili, colse al volo la battuta del tronfio. «Eh però» disse, «potrebbe essere un'ipotesi di lavoro. Le Befane a pulire le strade di montagna. È una buona ipotesi.»

Dopo le affermazioni bruxelliane, dove un nutrito gruppo di dissidenti aveva affermato che un bianco e un nero insieme mai combineranno qualcosa di buono, i dibattiti alzarono i toni.

Il conduttore di "Ballarò", educato e gentile, faticava a tener ordine tra i contendenti. A ogni puntata metà erano d'accordo coi bruxelliani, metà coi dissidenti.

Badate bene, tutte le sere si discuteva dei due Bambini Gesù. Di conseguenza della possibilità che vivessero in pace uomini bianchi e uomini neri. E così, nei salotti televisivi di ogni rete, altro non venne a galla se non quello che già si sapeva: l'Italia era più della metà razzista, meno della metà tollerante. Ovviamente con molte sfumature di nero, di rosso e prevalenza grigio.

Giannini faticava a mantenere ordine. La brace ardeva sotto la cenere. Quel Bambin Gesù nero era un affronto, un pugno in faccia alla fede cristiana oltre che alla tradizione presepistica del mondo. Questa l'opinione dei razzisti. Ogni puntata ne sfornava di nuovi. Spesso insospettabili. Molti si palesavano incautamente dopo una vita nell'anonimato ideologico.

Una elegante signora, regina dei talk show, ribadiva ogni volta che lei contro i neri non aveva nulla. Ma il presepe era il presepe e tale doveva rimanere. Il bimbo doveva essere bianco e tale rimanere. E lei era lei e tale doveva rimanere. Ma non ci riusciva. Anche se passava da un restauro all'altro, invecchiava a vista d'occhio consunta dal rancore e dai secoli.

Ormai di rimuovere il pargolo nero non si parlava più. L'impossibilità di farlo s'era consolidata in tutto il mondo. I dibattiti semmai vertevano sull'etica. Sul perché, secondo una vasta scuola di pensiero, Gesù Bambino non poteva essere di pelle scura. «Perché no?» chiedevano i tolleranti. «Perché Gesù è bianco» rispondevano i razzisti.

Un tizio in sovrappeso di nome e di fatto, uno che guadagnava pagnotta guardando la TV, disse che se Dio era giusto non doveva far sparire il Bambin Gesù come due anni prima. Tantomeno farne apparire due come quest'anno. Perdipiù uno nero. Se Dio fosse stato giusto doveva, secondo lui, collocare un'unica statuina. Bianca, nera, gialla, rossa e via dicendo. Una statuina contenente tutti i colori delle razze umane. O dell'arcobaleno.

L'idea non era male. Un suo collega, di minor fama e minor cinismo, ne propose un'altra. «Invochiamo un bambino con i colori della pace» disse. «D'ora in poi le statuine del bimbo redentore dovranno esser colorate di pace.»

«Sarebbe ipocrita e demagogico» brontolò un tizio. «Pace non ce n'è da nessuna parte, nemmeno nella Chiesa.»

L'idea del bimbo multicolore non era male ma trovò l'opposizione dei bastian contrari: «La pelle deve essere bianca» sbraitavano.

Alla fine, si capì che era una questione di pelle. Anzi, del colore della pelle. A decidere le sorti degli uomini sulla terra era la loro pelle. Comandava la pelle, non i sentimenti o il cervello. O meglio, i sentimenti dipendevano dal colore della pelle. Si può vederla anche così.

In tutto questo casino natalizio, dove non si parlava d'altro se non dei neonati diversi, il premier Renzi si sentì messo in disparte. Non appariva più lui nei salotti buoni e in quelli cattivi della televisione, bensì Gesù Bambino. Anzi, i Gesù Bambini. Però, per non fargli torto, essendo capo del Governo fu interpellato lo stesso. In veste di presidente del consiglio non potevano tenerlo fuori.

«State sereni» disse agli italiani in un epico "Porta a Porta". «Un succederà nulla. Quei due Gesù non rappresentano problema per nessuno. Vedrete che avanti l'Epifania, quando tra loro non ci sarà più intesa, come succede nei migliori accordi, il bambino bianco dirà a quello nero di stare sereno. La vera vittoria consiste nello sconfiggere i propri alleati. A quel punto il nero verrà rimosso senza preamboli.» «Come fa a saperlo?» lo interrogò un giornalista. «Ci siam sentiti in sogno» rispose il premier. «So come vanno queste cose, ho parlato direttamente col bambino bianco mentre il nero dormiva. In sogno, ripeto. Godetevi il Natale gemellare, potrebbe essere un vantaggio. Vi auguro un anno buono e buona vita. Alla malora i gufi e non ci pensiamo più.»

In un'altra mitica trasmissione, della quale si vuol dimenticare il nome, Berlusconi se ne uscì con una teoria folle ma per niente banale. Un'idea che sconvolse il cerchio teologico e il mondo cristiano. Più che una teoria pareva un auspicio. Anche lui, che aveva sempre badato ai fatti concreti (i suoi), stavolta auspicava. Mai come negli ultimi anni la voce del verbo auspicare era stata declinata in ogni salsa politica.

Comunque Berlusconi disse che per lui il Bambin Gesù poteva benissimo essere una bambina. Chi ci assicurava che non fosse possibile? Una Gesùa Bambina. «Pensateci» disse sornione. Forse il mondo avrebbe funzionato meglio con una Gesùa di riferimento. Era ora, disse, di riflettere e finirla con il maschilismo imperante nelle religioni. E negli uomini. Tutti i Dio sono maschi, mai una femmina. Invece, sosteneva, Dio poteva benissimo essere donna e magari ispirare il mondo cristiano in forma migliore.

«Osa, osa sempre, e sarai simile a un Dio» esclamò una volta un grande alpinista. Ebbene, non si può dire che Berlusconi nella vita non abbia osato. La sua grandezza sta proprio qui, nell'aver precorso i tempi osando. E osando bloccare chi li precorreva prima di lui.

Però, la questione Bambin Gesù al femminile era delicata. Ci furono malumori. Qualcuno gli fece notare che quella notte, nella capanna di Betlemme, oltre duemila anni fa, era nato un maschietto e non una femminuccia.

Dio s'era fatto uomo. «Così affermano le sacre scritture» rispose serafico Berlusconi, «e probabilmente è vero. Ma anche no. Potrebbe benissimo esser nata una bambina, quella notte. Inoltre, quante volte abbiamo visto icone antiche, statue o pitture raffiguranti madonne nere? Tante. E allora perché il bimbo non poteva essere nero, anzi una Bambina Gesùa nera? Chi può dirlo?»

«Lo dicono duemila e passa anni di storia scritta» obbiettò un giornalista indignato.

«Si scrive quello che si vuole, non quello che è vero. Si dice quel che fa comodo, non quello che chiarisce. Si racconta ciò che conviene, non quello che avviene. Lo lasci dire a me. Pure allora c'erano i cronisti. Non si chiamavano così, è ovvio, ma scrivevano. Chi mi dice che l'abbiano contata a modo loro, come fate voi del resto.» E guardando il conduttore disse: «O no?». Il conduttore disse: «Mah!». Poi seguitò: «Ogni realtà, anche la più antica e consolidata, può essere sconvolta di punto in bianco. Dall'oggi al domani. Una montagna di certezza viene spazzata via da un soffio, un vento contrario e inconfutabile. L'esempio lo avete avuto sotto gli occhi. Quando mai era scomparso il Bambin Gesù dai presepi del mondo? Mai. Eppure due anni fa successe. Quando mai erano apparsi due Bambini Gesù nello stesso presepe? Mai. Eppure quest'anno è successo. E uno è nero! Visto come vanno le cose, può darsi che il prossimo Natale nella mangiatoia ci troviamo una bambina. Allora la mia teoria sarà confermata. Duemila e oltre anni fa, forse fece comodo riportare la storia al maschile, redentore al posto di redentrice. Chi può dirlo? Guardate che laggiù, a quei tempi, la donna non godeva molta stima. Come non la gode oggi, del resto. A me piace credere nel Dio uno e trino, come mi hanno insegnato. Certo che sono credente, amo Gesù Bambino ma, visti i fatti degli ultimi anni, mi sa che ormai tutto è possibile. Di questo passo, oso affermare che più nessuna versione religiosa del Gesù Bambino possa dirsi definitiva».

«Guardi» gli obbiettò il conduttore, «che Borges dichiarò proprio il contrario. Disse che "le versioni definitive appartengono alle religioni, o alla stanchezza".» E qui Berlusconi, che fino ad allora aveva tenuto un ragionamento senza sbavature, precipitò nell'ego: «Io non sono stanco» replicò, «e appartengo soltanto alla mia religione». E terminò. Però la sua boutade dell'avvento di una Gesùa Bambina aveva lasciato il segno.

Finirono in crisi tutti: filosofi, matematici, pensatori eccetera. Fu spiazzato persino il teologo laico, quello dei salotti perbene e località alla moda. Interpellato sulla questione, farfugliò che ora c'era materiale per una lunga ipotesi di lavoro. Molto, molto lunga. Bisognava ragionarci parecchio. Ancora una volta, anche se nessuno degli oppositori gli dava credito, Berlusconi era riuscito a sconvolgere il branco e metterli in crisi.

In questo caso, dubitando dei cronisti del tempo, faceva dubitare credenti e studiosi della bimillenaria civiltà cristiana. E non era poco.

Del caso "doppio Bambin Gesù", si occuparono tutti. Da "Porta a Porta" a "Matrix", da "Ballarò" ad "Agorà"; da "Quarto Grado" a "Quinta Colonna", dal "Quinto Impero" di Pessoa a "Virus" e via dicendo.

"Chi l'ha visto" mantenne un profilo piuttosto basso. Imperversò molto di più due anni prima, quando il Bambin Gesù era scomparso. Cercavano lui, o qualcuno che l'avesse visto. Arrivarono telefonate di mitomani che lo avevano incrociato in vari siti. Uno disse che era dappertutto, non occorreva cercarlo. Come dargli torto?

Stavolta, l'ottima conduttrice, con molto acume, impostò le puntate su chi avesse visto la vera fede. Quella cosa che esorta ad amare il prossimo tuo come te stesso, porgere l'altra guancia, perdonare i torti, aiutare i poveri, assistere i malati, i deboli, i derelitti. Quella cosa che vuole la pace tra i popoli, l'aiuto reciproco, la generosità, la forza dell'amicizia e dell'amore. E l'uguaglianza.

Federica Sciarrelli col suo programma stavolta cercava la fede degli uomini. Se qualcuno l'avesse vista si facesse avanti, bastava una telefonata. Se esisteva ancora si palesasse, dal momento che i due Bambini Gesù, piombati assieme nei presepi, rivelarono un'Italia e un mondo privi di fede, speranza e carità. Quelle sane, s'intende, giacché di quelle recitate e false ve n'era fin troppe. In un mondo privo di tolleranza, lungimiranza e pazienza, non era da stare allegri.

Tanto è vero che il papa un giorno entrò in un negozio di Roma per farsi cambiare le lenti degli occhiali. Voleva vedere meglio, e quel meglio che vide lo indusse a tornare ai vecchi occhiali.

In una puntata di "Virus", un focoso critico d'arte affermò che due Bambini Gesù, di cui uno nero, non dovevano in alcun modo mettere in crisi i fedeli. Altrimenti che fede era? «Ma uno è nero!» si giustificavano indignati gli ospiti al telefono.

«Ficcatevi bene in testa» proseguì il critico, «che tutto quel che si può definire arte, sul pianeta, proviene dall'Africa profonda e misteriosa. Tutto il resto è solo rifacimento, per non dire imitazione.»

E dopo aver dato più volte della capra a una signora indignata da quelle sacrosante affermazioni, concluse citando Macedonio Fernández, indiscusso maestro di Borges nonché di alto pensiero. Il quale parlando appunto dell'arte, ebbe a dire: «Vi è un continuo "stato di ripetizione", perciò non è il secondo inventore a macchiarsi di plagio, bensì il primo». «Quindi voi che disprezzate i neri, sappiate che non avete inventato un cazzo» concluse il critico.

Non fu chiaro a tutti il significato di quelle parole. Sicuramente fecero riflettere, che è un primo passo per avvicinarsi a qualche chiarimento. Va da sé, il critico non voleva certo affermare che prima di quello bianco fosse apparso un Gesù Bambino nero. Ma non è detto, forse intendeva proprio questo. E lo supportava con la frase del vecchio Macedonio Fernández.

Un matematico importante, simpatico e provocatore, irriverente quanto basta ma con educazione, fece a "Ballarò" un discorso piuttosto interessante. E anche molto compiuto.

Disse che tutta questa tirata sui due Bambini Gesù, agli effetti di una soluzione, non contava proprio nulla. Men che meno a portare chiarimenti. Visto che nessuno al mondo riusciva a separare il bimbo nero da quello bianco, la faccenda non apparteneva più alla sfera umana bensì al regno divino. E allora, seppur convintamente laico, realizzava che qualcosa di sovrannaturale era intervenuto a scombinare il pianeta cristiano e collocare quelle due statuine insieme. Soprattutto a far sì che nessuna forza le potesse togliere. O separare. Alla fine, perentorio ma sempre con molto garbo, dedusse che se proprio si voleva discutere di qualcosa, l'argomento doveva incentrarsi sulla necessità dei popoli di avere un Dio. «Gli uomini» disse «hanno bisogno di un riferimento, un capo spirituale, una divinità cui affidarsi. Salvo poi disattendere meticolosamente i suoi insegnamenti.»

E qui attaccò un discorso che non faceva pieghe di sorta. Disse che di fede, salvo rare eccezioni, in giro ne vedeva poca. Più che altro vedeva recita, finzione, paura. In questo teatrino del predichiamo bene e razzoliamo male, notava soprattutto fede indotta da timore. Insomma più che fede era paura del castigo divino: l'inferno, il purgatorio, le malattie, la morte. Per questo la gente si metteva a pregare, ricevere i sacramenti, difendere la famiglia tradizionale, scagliarsi contro i gay e i peccatori in genere. O appendere la corona del rosario sullo specchietto dell'auto per evitare l'incidente. La usurata fede, disse citando una vecchia canzone dei Nomadi, "fatta di abitudine e paura" non è altro che atteggiamento di comodo.

Tralasciò di dire che molti politici la professavano per ottenere voti, contando appunto di riceverli dai milioni di bigotti difensori della morale. Disse però che molti mafiosi pluriomicidi e spietati professionisti del crimine tenevano nei loro covi immagini religiose: crocifissi, madonne, santi.

Ecco, salvo parecchie eccezioni, notava in giro questa fede qui.

Ma d'altronde, cosa ci si poteva aspettare dal popolo cosiddetto sovrano, quando i primi a disattendere la fede in Dio erano i suoi stessi ministri? «Dio chi?» pareva esclamassero divertiti.

Il matematico fu piuttosto severo. Andò avanti ancora un po' dicendo che il novanta per cento dei fedeli preganti nella vita facevano i porcacci loro, dimenticando o ignorando sprezzantemente i precetti cristiani. Ma avevano bisogno di un Dio, una luce cui guardare ogni tanto, quando ne avevano combinate troppe. Una divinità di riferimento, insomma. E da questa non doversi mai separare.

Tutto ciò, disse l'uomo dei numeri e ottimo scrittore, non era fede bensì dipendenza. E ogni dipendenza di per sé è negativa, pericolosa, e alla fine produce disastri. Perché rende l'uomo schiavo e lo schiavo cerca la libertà. Si soffermò un pochino su guerre, ammazzamenti, tragedie, genocidi e infamie perpetrati in nome della fede. Concluse dicendo: «Possiamo discutere finché vogliamo, ma l'uomo non cambierà mai». Poi allegramente si mise a cantare una vecchia canzone di Guccini: «No io non credo – che l'uomo potrà imparare – a vivere senza ammazzare...».

Un altro filosofo, molto in gamba, cresciuto nella città anseatica dove si respira il flusso millenario dei popoli e dove fu anche sindaco, interpellato da Giannini, sempre a "Ballarò" disse poche frasi ma secche: «Ci preoccupiamo del caso Bambin Gesù non perché sono due, ma perché uno è nero. Ecco quel che ci allarma. La paura del nero, fosse Gesù in persona. Questa circostanza ha dato il colpo di grazia al presepe e alla fede. Che un Bambin Gesù sia di pelle scura e non si possa eliminare ha creato fastidio a molti. Fedeli e non fedeli, laici e atei. Tutto ciò la dice lunga in che razza di mondo viviamo. E non serve allontanarsi molto, basta rimanere in Italia, nostra amata patria. Ora, dedicare tutta l'attenzione a questo fenomeno, che senza dubbio ha del soprannaturale, è giusto e posso capirlo. Anche se due Bambini Gesù inamovibili meritano studi più profondi delle nostre astruse chiacchiere. Ma vorrei far presente che da anni Bambini Gesù di carne e ossa affondano nei mari, su barconi sgangherati, assieme a genitori, fratelli, nonni, parenti e conterranei. Un presepe immenso che si sposta e scompare negli abissi con i Gesù, i pastori, i re magi e il resto del seguito. Tutto sotto le stelle, senza cometa. Re Erodi moderni privi di cuore e senza scrupoli, li hanno spinti a fuggire. Non sull'asino ma sui barconi. Non ho visto la stessa attenzione, o se vogliamo lo stesso interesse, verso questi bambini. Né quando erano vivi né quando erano morti. L'infamia che chiamiamo tragedia e che si consuma davanti ai nostri occhi giorno dopo giorno, è una guerra. Una guerra priva di armi, comandata da fame, miseria e violenza, generali che non s'arrendono mai. Guerra condotta contro un solo esercito: poveri inermi e disgraziati. Il mare è un cimitero liquido che li assorbe, li ingloba e non lascia traccia. Chi va laggiù ci va per sempre e non serve nemmeno scavare a seppellirlo. Questo esodo biblico, di proporzioni incalcolabili, terminerà forse tra vent'anni. O trenta. I morti saranno milioni e noi qui a discettare sui Bambini Gesù del presepe. Sono quelli che annegano e affondano i Bambini Gesù. Se ne vanno senza nemmeno poter gridare, sott'acqua non è permesso. All'alpinista che cade e affonda nell'azzurro dell'aria, gli rimane l'urlo, vede il cielo l'ultima volta. Laggiù niente, non si può gridare, il cielo è liquido, il buio pesante, il silenzio eterno. Ci vuole il pelo sullo stomaco per dire "affondiamo i barconi". È lavoro inutile, come spalar neve, affondano da soli. E sopra c'è la gente che muore soffocata, non dai gas, cui cercano di sottrarsi fuggendo dalle guerre, ma dall'acqua nel cui seno nasce la vita. Ecco, questi per me sono i Bambini Gesù del terzo millennio». E poi concluse: «Pensiamo a loro, non a quelli di plastica».

Il clima nello studio s'era fatto tagliente, ci voleva un intervento che alleggerisse la situazione. «Torniamo al tema per cui siamo qui» esortò il conduttore.

E allora, per alleggerire, fece parlare un altro critico d'arte, arcinoto e molto serioso, uno che si pigliava dannatamente sul serio. Questo qui disse che, data l'eccezionalità dell'evento sovrannaturale di due Bambini Gesù, trovava oltremodo azzardato provare a capirci qualcosa. Caso mai quello era compito di teologi e ministri di Dio.

Lui, in veste di critico, preferiva soffermarsi sulla qualità delle statuine, quindi sull'esecuzione tecnica dei vari Gesù: i bianchi e i neri. E qui si lanciò in una stupefacente analisi tecnica sulla facitura dei Bambini Gesù da lui scrupolosamente esaminati. Più di un migliaio, specificò.

Ve n'erano, disse, di eccezionale fattura, vere opere d'arte, degne di reggere il confronto con il Michelangelo del legno Andrea Brustolon, nato sulle Dolomiti nel 1662, morto nel 1732. Esaltò con particolar fervore le opere natalizie di Kurt Wierer scultore di Monguelfo.

Insomma, disse che nonostante molta paccottiglia, i Bambini Gesù bianchi, quelli fatti a mano, in generale erano di buon livello. Trascurò ovviamente di giudicare le statuine dozzinali di plastica, stagno, gesso, cartapesta eccetera.

Per farsi capire usava termini e metafore precise, cesellate di tecnicismi da ricordare quegli assaggiatori di vino che, annusando un Raboso, percepiscono fragoline di bosco, tabacco, cuoio e idrocarburi.

Quando iniziò l'arringa sulle statuine del Bambin Gesù nero, ebbe, ahimè, un moto di delusione. Dondolando la testa, disse che ben poche erano passabili. E, anche quelle poche, piuttosto malmesse. In pratica il bambino nero non era bello come il bianco.

Ci fu un brusio. Allora, s'affrettò a chiarire, erano brutte solo le statue visionate da lui, probabilmente ne esistevano altre ben fatte. Concluse dicendo che, nel consorzio umano, esistevano neri belli e neri brutti, come del resto tra i bianchi. Il brusio cessò.

Questi erano i temi e le discussioni che facevano ascoltare radio e TV e leggere i giornali come due anni prima, quando il Bambin Gesù era scomparso. Forse anche di più.

"Di martedì", su La7, condotto dall'ottimo Floris, eccezionalmente andava avanti fino a mercoledì, col rischio di dover cambiare titolo alla trasmissione.

Interpellato, uno scrittore quantistico per via di quanti euro chiedeva a ogni suo intervento, disse che non poteva dire. Agli occhi sbarrati del conduttore rispose che sull'argomento stava scrivendo un libro, meglio non far trapelare alcunché.

Floris, un po' seccato, gli chiese cosa ci fosse venuto a fare in trasmissione. «Ad annunciare che scrivo un libro» rispose serafico. Ma non fu il solo.

Altri autori in cerca di gloria s'avventarono sul caso. Nei mesi a venire partorirono di tutto.

«Tutto da buttare» sentenziò laconico il prof. G.A. Ferrari. «Ma perché allora non li buttano?» gli fu chiesto.

«Perché vendono» rispose Ferrari. E citò un giudizio sferzante del grande Macedonio Fernández, maestro di Borges. L'allievo si lamentava delle scarse vendite di un testo che lui invece definiva un buon libro. Il vecchio filosofo lo guardò e disse: «Io credo che a questo libro manchi qualcosa per essere definito un buon libro». «Che cosa?» chiese Borges. «Gli manca il successo. E io penso che senza successo, un libro non si possa definire un buon libro.» Ecco perché non li buttavano, erano libri di successo, vendevano molto. Non come le 50 sfumature, ma abbastanza.

Al successo di alcuni pennivendoli contribuì anche l'omino dei voti. Quello che se gli stavi sul cazzo ti dava 2, se gli eri simpatico 10, simpaticissimo 10 e lode. Se invece eri bravo ti ignorava.

Una grande scrittrice che esortava il mondo ad andare "dove ti porta il cuore" non scrisse nulla. Dopo il caso del bimbo nero, ebbe conferma della deriva razzistico-xenofoba dell'amata patria. Rivelò che se mai avesse scritto ancora qualcosa, il titolo sarebbe stato: *Vi prego non andate dove vi porta il cuore*. Visto che il cuore li portava all'odio, tentava di redimerli e fargli cambiare destinazione.

Alcuni prelati, diciamo coraggiosi, interpellati

sulla questione, declinarono l'invito. «In questo momento ci occupiamo di politica, la nuova religione dei popoli» dissero.

In merito al caso del bambino nero, qui volutamente si vogliono omettere gli insulti, le offese abominevoli, la ferocia razzista con cui molti, ma proprio molti, infierirono sul web. Si scagliarono con violenza primitiva e barbara tanto da suscitare il desiderio di conoscere queste persone così feroci. Ma erano, ahimè, tutti celati sotto l'anonimato, quindi non vale la pena cercarli. Ed è meglio così. C'è il rischio, magari, di scoprire il nostro vicino di casa, quello che va a messa ogni domenica e vuol togliere dal presepe il bimbo nero. O quei due contadini, cugini di sangue e odio, che bastonarono un negretto sorpreso a rubare l'uva nel loro vigneto. Quando la TV andò a filmare il luogo della vergogna, sulla finestra dei picchiatori stava esposta la bandiera della pace.

Una cosa era certa e faceva intristire le anime grandi. Il fatto soprannaturale dei due Bambini Gesù, se all'inizio aveva sorpreso e inquietato il mondo, come il precedente, ora, dopo il primo stupore, era quasi passato nella normalità. Più che altro, era materia di talk show, radio, giornali e televisioni. Insomma, dibattiti fra specialisti e improvvisatori. Non lo si vedeva più come qualcosa di magico, divino, un miracolo accaduto per far riflettere gli uomini, bensì un capriccio del cielo, una novità che alla lunga stancava e soprattutto infastidiva. Meglio non pensarci più. E così fecero.

Un prete di trincea, che lottava contro la mafia e la mafia voleva farlo smettere di lottare, si scagliò su questo vezzo di adagiarsi. Usò parole molto dure. Disse che ormai tutto quel che succede nel mondo, dai fatti più lieti ai più tragici, lasciavano il tempo che trovavano. Dopo il lampo di novità, o di orrore, diventano routine, li si ignora e poi li si dimentica. Questo atteggiamento si chiama indifferenza.

«È diminuita» disse «se non addirittura scomparsa la soglia del dolore. Non ci si meraviglia più di niente, non si inorridisce più di niente. È così e basta. Se per caso c'è ancora qualche sussulto d'anima è solo per tre giorni, come la morte di Cristo. "La meraviglia più grande dura tre giorni" recita un adagio delle valli alpine. Così, dopo tre giorni di scombussolamento, si resuscita alle proprie mansioni e arrivederci.»

Aggiunse un paradosso pesante. Disse che se in una città qualsiasi apparisse Gesù Cristo, e camminasse tra la gente, come un uomo normale, e compisse miracoli, guarisse malati, arricchisse i poveri, dopo qualche mese nemmeno più lo saluterebbero, tanto gli uomini sono presi dalle loro faccende. Dal loro fare, dai loro obbiettivi. Salvo cercarlo quando hanno bisogno di qualcosa, magari una guarigione. Questo disse il sacerdote antimafia.

E così avvenne per il caso del doppio Bambin Gesù. Ormai faceva notizia solo la cronaca di quel miracolo natalizio apparso per aggiustare gli uomini, farli riflettere, renderli migliori.

Nemmeno i presepi viventi si sottrassero alla presenza del bimbo negretto. Tanto che alcuni organizzatori smisero di allestirli. Nella mangiatoia, assieme al pargolo bianco, ne appariva uno scuro. Lo spostavano con delicatezza perché era vero, vivo e vegeto, e lo portavano in qualche famiglia in attesa di decidere ma non c'era niente da fare. Il negretto riappariva in mangiatoia. Molta gente perbene lo lasciò lì, assieme al fratello bianco. In fondo che male faceva? Ma la gran parte dei figuranti sospese la recita. Un bimbo nero nel presepe vivente, proprio non ci stava.

Nel frattempo tornarono all'assalto, ed erano una moltitudine, coloro che affermavano che un nero e un bianco insieme non avrebbero mai combinato nulla di buono. Non serve ribadire che costoro ignoravano la storia, ma forse la ignoravano apposta. Dire che un nero e un bianco assieme non combineranno mai niente di buono è come dire che un acero bianco e un carpino nero non possano bruciare assieme e dare calore.

L'associazione delle levatrici insorse gridando a costoro che si vergognassero. I bimbi sono tutti uguali, le loro vite passano oltre il colore della pelle. E portavano esempi di bambini biondi e bambini neri, cresciuti insieme e andati d'accordo. Inoltre i due Bambini Gesù, quello bianco e quello nero, non erano balzati per caso nei presepi. Stavano insieme dalla creazione del mondo anche se nessuno lo ricordava. Inoltre, se vogliamo andare sul tecnico, da anni il bianco e il nero avevano prodotto eccellenti risultati. «Basti pensare alla fotografia» aggiunse una levatrice con l'hobby della reflex.

C'erano molti esempi...

In una terra lontana, oltre l'oceano, erano nati due bambini, uno bianco, uno nero. Entrambi poveri, non potevano succhiare il latte materno. Le mamme erano in difficoltà, stenti e privazioni avevano causato la perdita del latte, le loro mammelle erano secche.

Si tentò di far crescere i pargoli con latte di vacca allungato nell'acqua. Niente da fare. Nessuno dei due lo assimilava. Non lo digerivano e in un rigurgito istintivo lo vomitavano per terra. Si provò in tutti i modi ma non c'era verso.

Vista la situazione, una vecchia levatrice volle tentare a modo suo. Provò a somministrare latte di pecora, quelle pecore che laggiù, nelle sconfinate praterie, pascolavano a milioni.

Uno dei due bambini, quello bianco, prese subito confidenza con il nuovo alimento. Iniziò a poppare come uno stantuffo. Quello nero, invece no. Non sopportava nemmeno il latte di pecora. Lo vomitava di continuo. Avrebbe voluto quello della madre ma i seni erano secchi.

Cominciarono a preoccuparsi per quella vita in bilico sul vuoto. La vecchia levatrice tentò un altro esperimento. Volle provare con latte di capra, in quelle lande senza fine le capre non mancavano.

Avvenne il miracolo: il bambino nero finalmente si mise a poppare il latte e tenerlo nello stomaco. Prima piano piano, poco per volta, poi sempre con maggiore vigore.

Alla fine i due bambini cominciarono a mettere un po' di sostanza sotto la pelle. E poi a irrobustirsi. E, seppur lentamente, ad aumentare il peso di qualche chilo. All'inizio erano ridotti piuttosto male ma, in virtù del latte di capra e pecora, stavano per uscire dalle difficoltà. Che non furono poche.

Una volta affrancati e in discreta salute, la vecchia levatrice li affidò di nuovo alle rispettive famiglie. Era passato un anno. Non che le mamme li avessero abbandonati, li avevano soltanto lasciati alla custodia vigile e precisa della signora che faceva nascere i bambini. E quando questi bambini erano in difficoltà, cercava di salvarli.

Così passavano i giorni in quella sterminata terra ricca di praterie e montagne, formata dagli emigranti dei secoli. E passarono i primi tre anni. I bambini crescevano assieme, la casa dov'erano nati aveva due piani, sopra abitava il bianco, sotto il nero. Non di rado dormivano nello stesso letto.

Le mamme li seguivano premurose, ricordando ogni tanto il rischio che i loro figli avevano corso. «Poveri fanciulli» esclamavano. Ma ora, grazie a quel latte munto giornalmente da una pecora e una capra, stavano bene, crescevano e avevano forza per fare i giochi.

Ormai mangiavano anche altro: pappette di verdure, pane zuppato in brodo, carne, uova sbattute, frutta cotta e tutto ciò che le mamme riuscivano a procurare. Ma il latte di pecora e capra non doveva mancare mai. Finché diventarono grandicelli.

Così, per il bambino bianco e il bambino nero venne ora di andare a scuola. Andarono a scuola. Nel cestello della merenda, oltre al solito panino, ognuno portava una boccia del latte preferito. L'alimento che gli aveva salvato la vita. Era come un amico, non riuscivano a mollarlo. Gli amici non si mollano. E non lo mollarono. Mai.

Terminate le prime classi, si separarono. Le rispettive mamme e i loro compagni decisero di trasferirsi in altre città. Per migliorare la vita. E anche la morte. Perché là, dove vivevano, si moriva male.

I due bambini non si videro più. Quello bianco rimase nella terra delle sterminate pianure. Quello nero finì nella terra dei grandi progetti. Vissero, crebbero, studiarono e lavorarono, ma non smisero mai di bere il latte preferito.

Si venne a sapere che lo bevevano anche a pasto. Invece di vino o acqua, sorbivano latte. Di capra e di pecora. Con grandi prese in giro da parte di amici, colleghi e conoscenti. E astanti allibiti. Non c'era da stupirsi. Vedere un bel giovane grande e grosso, che, per esempio, durante un pranzo di nozze chiedeva latte di pecora, era da rimanere allibiti. Oppure a una festa tra amici, un bel ragazzo, alto, scuro di pelle, elegante, anziché brindare con alcolici beveva latte. Rigorosamente di capra. Pare impossibile eppure accadeva questo. I due avvertivano prima che gli procurassero latte di capra o di pecora. Non accettavano scuse. Se non era possibile reperire il loro alimento preferito, cambiavano posto o disertavano la festa. Oppure non bevevano niente, ma rinunciarvi era per loro come una disgrazia.

Una volta, al compleanno di un caro amico, il giovane di colore se ne andò per l'assenza del suo latte. Cercarono di dissuaderlo ma era già lontano. Il suo non fu un capriccio o una ripicca. Anzi, l'indomani portò all'amico le sue scuse e il regalo. Disse che tale richiesta, seppur strampalata, era un tributo alla memoria, un ricordo di riconoscenza e, perché no, anche superstizione. Senza il suo latte gli pareva dovesse capitargli qualcosa, un incidente o chissà che.

Così avveniva per l'uomo bianco, quell'amico disperso, non più visto né sentito da quando aveva dieci anni. Ora ne aveva tanti di più, il fratello di latte pure. Non sapevano nulla l'uno dell'altro. Le loro strade correvano separate, per conto loro da tanto tempo. Ambedue non conoscevano la vita o la carriera dell'amico. Non erano al corrente di nulla, nemmeno se uno era vivo o era morto. O se erano morti entrambi. Oppure erano vivi e vegeti e in buona salute. L'esistenza alla lunga stende i suoi veli. Sotto quei veli ci sono distanze che allontanano, muri che dividono, assenze che fanno dimenticare.

L'oblio regnava sulle vite di quei due ma si può dire di tutti noi. Siamo conosciuti nell'ambito del paese, della via dove abitiamo, del rione, per il resto diventiamo inesistenti. A volte ignoti a noi stessi. Sappiamo che nel mondo brulicano sette miliardi di esseri umani ma li percepiamo come massa indistinta. Bianchi, neri, gialli, tutto un mare di gente che brulica. Chi sono? Che faccia hanno? Non si sa. Esistono, ma non li vediamo.

Siamo tutti sconosciuti, tutti diversi e puntiamo il dito con spregio al diverso. Diverso da chi? E perché? E se il diverso fosse il bianco? Si condanna il sangue del diverso, trascurando che tutti i sangui degli esseri viventi sono rossi. Pure nei pesci.

È il sangue a testimoniare che siamo tutti uguali. Cambia il colore della pelle, il taglio degli occhi, le stature, ma sono dettagli insignificanti, validi come pretesti per colpire. L'uomo è il suo sangue, e quello, lo si accetti o no, è rosso per tutti. Anche per i razzisti che non volevano il bimbo nero nel presepe.

Esistono alberi a milioni di esemplari. Non ce n'è uno uguale all'altro. Eppure dentro vi scorre la stessa linfa succhiata dalla terra. E nessun albero disprezza il suo vicino perché diverso. Anzi si cercano, muovono le cime per toccarsi. E ci riescono. Le erbe si toccano, i venti si toccano, le montagne si toccano allungando i piedi. I pesci si toccano nelle profondità del mare, gli animali si toccano sulla terra. Nessuno fa differenze. Se si sbranano è per mangiare.

Gli uomini si uccidono per odio, gelosia, colore di pelle, paura. A volte per legittima difesa. Ma difesa da chi? Da quello che voleva aggredire per i motivi di cui sopra. Oppure altri motivi. Se uno si difende c'è qualcuno che attacca. Se nessuno attacca nessuno si difende.

Così il mondo andava avanti e i due amici dispersi seguitavano a fare le loro vite e bere il loro latte. Uno di capra, l'altro di pecora. Spesso qualcuno li metteva alla prova recando in tavola latte vaccino. Ma lo scherzo non funzionava. Ovunque si trovassero, si accorgevano subito. Bastava annusare il bicchiere.

Una volta all'uomo di pelle chiara si tentò

di far bere latte d'asina ma non ci cascò. A migliaia di chilometri l'uomo di pelle scura veniva messo alla prova da amici e conoscenti. Si tentò di propinargli latte di ogni sorta. Da quello di soia a quello di riso, dal mandorla al cocco, ma erano scherzi a fiato corto. Se ne accorgeva solo avvicinando il bicchiere. Di quelle varianti, peraltro buonissime, non azzardavano nemmeno l'assaggio. Non gli interessava. Non era capriccio o vezzo, ma necessità. Non potevano fare a meno dell'alimento che aveva salvato le loro vite. Così come non si può fare a meno del cibo per conservare la vita.

Non è dato sapere che mestieri o professioni esercitassero abitualmente. Si sa che avevano studiato a livelli alti nelle scienze, nella matematica, teologia, filosofia, arte in generale. Ma cosa combinassero di preciso pochi lo sapevano. Forse era noto alla stretta cerchia di amici e parenti. A quel tempo, e in quel momento, erano esseri umani esistenti, due di quelle formiche brulicanti che, una più una, formano i sette miliardi di cui è affollato il pianeta.

Intanto il tempo passava e andando modificava le cose. Alcune le spegneva, altre le accendeva, così come fa con il giorno e la notte. Il tempo annienta vite, mentre aspetta che altre nascano per prenderle in mano e condurle. Esseri umani muoiono di morte naturale, malattie, incidenti, guerre, omicidi, suicidi. Altri nel frattempo nascono, vivono e soffrono il tempo loro concesso. Poi se ne vanno per le stesse cause che hanno tolto di mezzo i predecessori. E non c'è indulgenza per nessuna età.

Molti muoiono giovani o giovanissimi, altri molto vecchi o centenari, tanti a metà via, stanchi e delusi dall'esistenza. Alcuni nascono morti o se ne vanno appena nati. La sorte li sottrae subito ai dolori dell'umanità. Delusioni, tradimenti, visioni tragiche e fatti deprimenti che tappezzano come fiori crudeli il feroce combattimento della vita, a loro sono risparmiati. E tutto accade come se fosse già scritto nel diario dei giorni. E lo è, visto che accade. Le cose si depositano una sull'altra, pagine redatte una per una dal formidabile scrittore del tempo.

Ogni anno arriva il Natale con la sua parvenza di gioia, che è solo finzione, una sospensione astuta e comoda delle ostilità per riprenderle subito dopo, con silenziosa virulenza. Nelle famiglie dove ci sono rancori, i rancori permangono. Gli uomini si tendono la mano nei gelidi mattini di Natale, ma è pura formalità. Recita deprimente che fa del giorno più atteso dell'anno una festa privata e falsa. Una festa da abolire al più presto.

Anche per questo, e per altre faccende, due anni prima il Bambin Gesù era scomparso dai presepi del mondo. Voleva dare un segnale, ma non è servito. Ora, con due Bambini Gesù ne dava un altro, ma sarebbe servito? No, però seguitava a provarci.

Intanto, lontani chissà quante miglia uno dall'altro, dimenticati dalle origini, gli amici del latte diverso cominciarono carriere particolari, ognuno per proprio conto. Nel frattempo altri esseri umani morivano. Donne, vecchi, bambini, bambini ancora nella pancia delle madri, venivano annientati da guerre, genocidi, vendette, affondamenti di barconi, terremoti, maremoti, alluvioni. L'uomo era in guerra. Lo è sempre stato. Nonostante i Natali che si susseguono e in cui si parla di pace, fratellanza, amore, l'uomo combatte.

Quello che più balzava agli occhi in quel Natale, erano le guerre che, a scadenze più o meno lunghe, dissanguavano gli stati del mondo. Notiamo, e di conseguenza condanniamo, le guerre degli altri, senza riflettere che la guerra siamo noi.

Due fratelli di una città del nord si erano presi a coltellate per la proprietà di un fondo. Il telegiornale mandò una troupe sul luogo del fattaccio per darlo in pasto ai telespettatori. Ebbene, sul davanzale della casa dove dimoravano i fratelli versatori di sangue identico, allargava le braccia nei suoi quattro metri di demagogia lo striscione della pace. Come sulla finestra dei due cugini che bastonarono il negretto sorpreso a rubare l'uva.

Così nel mondo. Non si smette di predicare, invocare, cercare la pace, ma intanto si fa la guerra. Aspettando la finzione del Natale, milioni di piccole guerre personali covano, maturano, crescono, esplodono. Il Natale va abolito o quantomeno scritto in lettere minuscole. Nel mondo ci saranno sempre le guerre, perché la guerra siamo noi che ammazziamo il gatto del vicino perché ci sporca il cortile. O un povero nero affamato perché ruba qualche melone.

Quell'organizzazione chiamata ONU compie settant'anni e conta ben poche medaglie. Le guerre si susseguono un po' dappertutto e l'ONU sta a guardare, spettatrice impotente o quasi. Senza elencare pecche ben più gravi, anomalie, assenze, mancanze che non fanno certo onore all'Organizzazione delle Nazioni Unite.

Potrà cambiare qualcosa quando si creerà una società nuova, crescendo bambini ammaestrati da genitori non razzisti, xenofobi, nazisti e via dicendo. Quindi mai. Le brutalità del mondo hanno reso deboli, sconfitti e rinunciatari anche molti uomini di valore. I quali si sono arresi, fuggono da tutto ciò che li ferisce o ricorda loro ferite inferte ad altri. Non combattono più, il nemico è troppo numeroso, coalizzato, furente.

Eppure Natale crea ancora buonismo a tempo determinato, amore con ricevuta di ritorno, pace e bontà nella voce e pugnale sotto il tabarro. La festa più falsa ed egoista nella storia delle feste, ha un solo valore fondamentale.

Anno dopo anno mette in luce la doppia faccia del mondo, il Giano bifronte che è l'umanità. Questo ormai lo si sa. È un andazzo ineluttabile, inevitabile e non modificabile, perciò la festa del Natale ha esaurito il suo compito e può essere benissimo soppressa.

Ma forse ci rimarrebbero male coloro che sputano sui migranti, li sgambettano, li picchiano, li trattano come bestie lanciando loro una pagnotta nel recinto. Sono gli stessi che non sopportavano il Bambin Gesù nero nel presepe. La stessa moltitudine che, prima di scoprire il pargolo intruso, s'apprestava alla festa con mitezza e devozione. Salvo poi riversare fiele di rabbia nella loro intolleranza razzista alla vista del negretto nella mangiatoia.

Natale senza fede e senza pace. Viene da dire così. Natale dei mafiosi che tengono santi e madonne nei covi e volevano sciogliere nell'acido il Bambin Gesù nero. Senza peraltro riuscirvi.

Natale pieno di fedeli, o sedicenti tali, che si scrutano allo specchio senza trarre dalla loro immagine un esame di coscienza. Non servono più esami, la coscienza se n'è andata da tempo, gli specchi dove si ammirano rimandano immagini di gente perbene, nobile e buona. Specchi a favore di menzogna, come quei vetri dei luna park che rendono magri gli obesi.

Nel frattempo i grandi della terra, meglio dire i potenti, s'apprestavano a riunirsi di nuovo. Stavolta ci si aspettava qualcosa di buono, quantomeno lo si sperava. Tra loro c'era gente speciale, ma niente illusioni. Occorreva prima attendere i risultati.

I due amici del latte diverso vivevano lontani uno dall'altro. Chissà come campavano, dov'erano finiti, se avevano famiglia, affetti, solitudini. O, come è stato adombrato, erano già morti e sepolti nel tempo. Chissà pure se ancora bevevano il loro latte preferito. Questo non è più tanto certo perché di loro si erano perse le tracce.

Intanto, nell'intero mondo cristiano trascorreva il Natale e tutti, seppur a malincuore, si erano rassegnati a due Bambini Gesù. Chi non sopportava il nero, smantellò il presepe, ma i due bambini ricomparivano sempre al loro posto. Stavano soli soletti, per terra o sui tavoli, e ovunque li avevano messi. Dove poco prima dimoravano pastori e pecorelle, bue e asinello, re magi e stelle comete ora c'era il vuoto. Non esisteva più nemmeno un ciuco dall'aria triste.

Ma i due Bambini Gesù c'erano e si tenevano stretti, sorridenti e sereni nel loro abbandono solitario. Un'altra volta traditi dai giuda della fede, rimanevano soli ad attendere che gli uomini si accorgessero di loro. E rimanevano anche là, dove i presepi erano intatti, non smantellati solo per rispetto alla tradizione, ma fortemente mal visti da coloro che li avevano allestiti, che non sopportavano il bimbo nero. E, quasi quasi, non sopportavano più neanche quello bianco.

Perché quei due fantolini parevano complici, due compari che lottavano insieme contro l'imbecillità e la ferocia del mondo. Era come se il bimbo bianco dicesse al negretto: "Niente paura, io ci sarò a difenderti e sempre con me ci sarai tu a tenermi compagnia e difendermi".

Questo i fedeli non lo tolleravano, forse era

necessario un ripasso della dottrina cristiana, ma sarebbe stato inutile. Quella la ricordavano dai tempi delle elementari ma da lì a metterla in pratica ne passava. Intanto era meglio recitare il buon copione della fede.

Nel frattempo i grandi della terra stavano per riunirsi. Era da firmare una data importante, un pezzo di storia, e toccava a loro scriverla. Si doveva festeggiare il settantesimo compleanno dell'ONU, creatura voluta da Franklin Delano Roosevelt.

Ma il vero motivo non era l'anniversario bensì qualcosa di più serio, anche se non tutti i popoli lo sapevano. Gli uomini del pianeta, infatti, stavano alle solite, si picchiavano di nuovo. A dire il vero, di fare a botte non hanno mai smesso, nonostante il puntuale arrivo del Natale. Ma questa volta la situazione era alquanto tesa. Pericolosa per usare un eufemismo.

La salvezza del mondo stava appesa a un filo: qualche stato spolverava bombe atomiche, qualche altro s'affrettava a costruirle. Qua e là scoppiavano rivolte, disordini, incidenti diplomatici che mettevano in serio pericolo la pace tra i popoli. Per evitare, dunque, una catastrofe, s'erano radunati tutti questi chiamati grandi della Terra.

Bisognava fare presto. Mai come in quei giorni frenetici e convulsi, sospesi sul cuore della gente come pugnali pronti a colpire, si temette che tutto crollasse.

Tra quegli uomini potenti, ve n'era un paio sui quali si posò l'attenzione dei presenti. E, guarda caso, uno era bianco, uno nero. Assieme agli altri discussero per cinque giorni e cinque notti senza peraltro approdare a nulla.

Intanto l'odio e la rabbia montavano, gli animi bollivano. Alcune nazioni erano intenzionate a imbracciare le armi e dar man forte ai vicini di rissa. Nell'assemblea del settantesimo anniversario, trenta potenti della terra seguitavano nello sforzo spasmodico di fermare quelle armi. Solo così avrebbero evitato la terza guerra mondiale. E ci riuscirono. Per fortuna ci riuscirono.

Al sesto giorno e all'ultimo istante, sortirono i risultati che bloccarono la catastrofe sul nascere. Il merito di quello storico successo venne attribuito a due uomini sui quali meno si faceva affidamento. Furono loro, con argomenti precisi e inconfutabili, ragionati e proposti con dolcezza e buone maniere, a fermare il terzo cataclisma planetario.

Difficile risultò convincere alcuni irriducibili guerrafondai, gente che, per usare una metafora, al minimo sgarro metteva mano alla fondina.

Putin dondolò la testa. Fissò i due con un sorriso compiaciuto e occhi enigmatici. Poi tese loro la mano e disse: «Grazie».

Xi Jinping tirò un lungo sospiro di sollievo.

Fidel Castro, nella veste del fratello Raúl, abbracciò i due dicendo: «Era ora».

Ban Ki-moon osservava.

L'uomo bianco e l'uomo nero, in quel Natale diverso, perché diversi erano i Bambini Gesù nei presepi, avevano fermato il terzo conflitto mondiale.

Uno, il bianco, proveniva come ebbe a dichiarare lui stesso da una terra alla fine del mondo.

L'altro, l'uomo di colore, proveniva dalla terra dei grandi progetti.

Il primo era stato designato capo della dispersa chiesa di Pietro. E, da vero pastore, ce la stava mettendo tutta per ricondurla nel recinto originale, ridarle dignità e rispetto. Soprattutto farle recuperare la fede. Perché una chiesa senza fede è una chiesa falsa e pericolosa.

L'altro, l'uomo di colore, che proveniva dalla terra dei grandi progetti era stato eletto presidente dei cinquanta stati dell'America.

Il mondo tirò un sospiro di sollievo quando capì le dimensioni della sciagura appena sventata. Per questo motivo si prolungarono le feste nonostante fossero già finite. Grazie a quei due, si era evitato, per un tempo che si sperava lungo, di far scorrere altro sangue. Ne era scorso fin troppo. Così tanto che, in certi periodi di sterminati salassi, il mondo si era trovato anemico.

Ovviamente, spossati da quella fatica ma felici del risultato, tutti insieme i grandi della terra, al settimo giorno riposarono. E festeggiarono con un memorabile pranzo. Ma il merito di quel successo fu dell'uomo bianco e dell'uomo nero.

Così, tutti coloro che avevano affermato l'impossibilità che un bianco e un nero insieme fossero capaci a fare cose buone, furono smentiti. Li smentì la storia di quei sette giorni. E se non avessero avuto la testa occlusa da pregiudizi razziali e xenofobi, con qualche buona lettura avrebbero scoperto che non era la prima volta. Molte occasioni passate dimostravano che un bianco e un nero insieme avevano compiuto azioni notevoli. Ma a chi non vuol capire per scelta, ogni memoria risulta falsa, ogni ragione inesistente.

Intanto, nel grande salone delle feste, si preparava il pranzo del successo. Cuochi di fama eccelsa si riunirono in segreto per ottenere i migliori risultati gastronomici. Spremendo al limite la loro vasta esperienza scelsero e cucinarono i cibi migliori. Per la bisogna si addobbò a refettorio di lusso il vasto salone dell'Assemblea delle Nazioni Unite. L'aula, solenne e austera, era stata riaperta da poco, dopo qualche anno di chiusura per lavori di restauro. Restauro e abbellimento, visto che tra poco si sarebbe festeggiato il settantesimo compleanno dell'ONU. Ma soprattutto per mettere in sicurezza l'intero complesso da attentati terroristici. Il famoso palazzo di vetro fu progettato da Oscar Niemeyer, lo stesso che firmò il transatlantico Mondadori a Segrate. Quanta storia nel primo, e quante chiacchiere nel secondo! Ovviamente chiacchiere stampate, tra le quali, occorre dirlo, solo qualche capolavoro. Ma forse, sono uscite più chiacchiere dal primo, visto che la pace è una boccia di vetro, fragile come il principesco palazzo ONU prima del rifacimento.

Tornando a quel giorno memorabile, i più bravi cuochi in circolazione, quasi tutti italiani, furono reclutati per il pranzo della vittoria. Tanto per fare qualche nome c'erano Gianfranco Vissani, Fabio Picchi, Carlo Cracco. Assenti, per esclusione, i vari Bastianich ecc. E c'era pure un emergente di trentatré anni, Cristian Corona, la cui specialità erano trippe di lumaca alla brace spenta (per non bruciarle). E tanti altri.

I cibi erano formati dai migliori prodotti reperibili sulla piazza, per non parlare dei vini. Le maggiori, e più blasonate, cantine d'Europa furono messe al servizio (e lo fecero volentieri), dei grandi della terra. Per festeggiare, com'era giusto, con il nettare migliore.

Tra i fornitori, si levò una spanna sopra gli altri l'inarrivabile De Plano, creato dal produttore Nicola Bedin. Occorre dirlo, fu il vino più bevuto dai potenti del pianeta, sia bianco che rosso.

Questa volta detti potenti mangiarono senza rimorsi. Quelli si manifestavano solo ogni tanto. Quando i loro convegni vertevano su come risolvere la fame nel mondo. Allora sì che era difficile mangiare! Ingollare ogni ben di Dio, sapendo che un miliardo di esseri umani pativano la fame, non era piacevole. Né decoroso per la coscienza. Ma stavolta potevano mangiare e bere tranquilli, l'obbiettivo grandioso era stato centrato, il pericolo immane scongiurato. Così si dette inizio al banchetto della pace e della guerra allontanata.

Camerieri in alta livrea, impettiti e muti, giravano attorno al lungo tavolo imbandito. S'intendevano a cenni, il cerimoniale vietava ogni verbo. Arrivati di fronte al capo della chiesa, il moderno rivoluzionario che voleva l'odore delle pecore addosso al pastore, questi rifiutò cortesemente il vino. Altrettanto cortesemente domandò se potevano servirgli latte di pecora. «Un bel bicchiere» aggiunse.

Di fronte a lui un uomo di colore, capo dei cinquanta stati d'America (più un distretto federale), rifiutò a sua volta il vino. Ordinò del latte di capra. Anch'egli un bel bicchiere.

Ognuno dei due, nel giro della voce, seppur quasi impercettibile, ebbe modo di udire la richiesta dell'altro. Allora si alzarono e si cercarono. E trovarono il tempo passato. Entrambi si guardarono negli occhi. Senza che gli altri capissero, abbandonarono le sedie circumnavigando l'interminabile promontorio del tavolo imbandito. Quando furono uno di fronte all'altro, si strinsero in un abbraccio d'amicizia senza riserve.

Dopo i lunghi anni dell'oblio, avevano ritrovato la strada, l'amicizia dispersa, l'anima che li unì nelle difficoltà.

A farli riconoscere, a palesarli l'un l'altro, non era stata la fama cui erano assurti, peraltro meritata, bensì l'antico alimento che aveva nutrito la loro infanzia povera e difficile.

Parlottarono tra loro per lungo tempo, vicini, quasi incollati, uno bianco uno nero come i due Bambini Gesù nei presepi del mondo, tra lo stupore imbarazzato degli altri potenti. I quali si sentirono isolati e ignorati, affronto che per poco non originò un incidente diplomatico. Poi rifletterono. Si trovavano lì per prolungare la pace, non era il caso di rovinare tutto con una guerra per affronto.

Intanto, in piedi a bordo tavolo, tenendosi le mani e fissandosi negli occhi, l'uomo bianco e l'uomo nero seguitarono a parlottare sotto voce. Ricordavano le loro strade lontane incrociatesi per tirare al sicuro il pianeta alla deriva.

Parevano, come s'è detto, i due Bambini Gesù comparsi d'improvviso nei presepi cristiani a bacchettare i selezionatori di razze. A cercare di far fiorire l'armonia nel mondo. Ma, se veramente si vuole raggiungere tale arduo obbiettivo, se fortemente lo si cerca, occorre mettere gli uomini tutti sullo stesso piano. Esseri umani di ogni razza e colore sparsi nell'immensa pianura della vita, collocati nel pari assoluto. Mai più nessuno in alto sulla montagna.

Questo era il presupposto. Mai più differenze. Bianchi, neri, gialli, rossi, ricchi, poveri, malati e quanti ancora venivano esclusi, emarginati, sepolti vivi da cinismo e indifferenza, dovevano avere pari dignità. E rispetto. Al diavolo malvagi, razzisti, xenofobi, cristiani, praticanti e fedeli che celebravano il Natale con la devozione della convenienza.

Ma questa volta, nei loro presepi era comparso accanto a quello bianco un Bambin Gesù nero. E pur schiumando rabbia e livore, non erano stati in grado di rimuoverlo.

Il bianco e il nero adulti, nonostante le dicerie e la scarsa fiducia, erano riusciti a fermare la terza guerra mondiale. Ma bastava? Sarebbe bastato tutto questo? No, non sarebbe bastato. La questione era solo rimandata. I neri saranno sempre esclusi da uno sterminato popolo di bianchi.

Molti anni fa, un cantautore, in una struggente canzone, pregava il pittore, mentre dipingeva un altare, di metterci un angelo nero. Seppur la Vergine fosse bianca, lo pregava di fare un angelo nero. "Tutti i bimbi vanno in cielo" proseguiva la canzone, "anche se son solo neri." L'autore non ne aveva mai visti angeli neri sulle pareti degli altari, perciò implorava di mettercene uno. Almeno uno.

Fu assai profetico, Fausto Leali. Intuiva che il razzismo avrebbe goduto di un deciso ritorno, una preoccupante impennata verso un vertice di crudeltà. Non osò chiedere, a quel testo, un Bambin Gesù nero. Era troppo. Forse sapeva che quello sarebbe arrivato da solo, molti anni dopo la sua canzone.

È arrivato quest'anno e purtroppo non ha

trovato ospitalità, affetto e protezione accanto a quello bianco. Nei presepi di tutta la terra si era tentato di rimuoverlo. Dalla doppia mangiatoia, però, i pargoli non si erano arresi, avevano mandato nel mondo due costruttori di pace, uno bianco e uno nero, come loro. Messi assieme, quei due avevano scombussolato e rivoluzionato tutto, travolgendo i vecchi schemi ammuffiti e consunti. Ma s'accorsero che non bastava.

Finché ancora si innalzano muri, si stendono rotoli di filo spinato, si ferma la povera gente con idranti e lacrimogeni, si guarda al colore della pelle, a credi dogmi e fedi, la pace può essere raggiunta ma non dura.

Intanto però quei due ci avevano provato e per ora erano riusciti. Per quanto tempo, nessuno lo sa.

Breve epilogo inutile

Appena trascorsa l'Epifania, il bambino nero tolse il disturbo. Scomparve dai presepi del mondo senza che nessuno se ne accorgesse. Così com'era apparso, si dileguò, con gran sollievo dei contrari ai neri. Rimase soltanto quello bianco che, assieme alle altre statuine, fu riposto nelle scatole, pronto per la prossima santa festa.

Nel frattempo i cristiani, razzisti e non, un po' incuriositi e altrettanto preoccupati, si chiedevano cosa sarebbe successo il prossimo Natale. Nessuno poteva saperlo. Tanto meno immaginare qualcosa. Per avere chiarimenti bisognava attendere dodici mesi.

Intanto c'era tempo per riflettere, guardarsi allo specchio e scoprire che i nostri volti erano sereni. Primo perché qualcuno ci aveva assicurato di stare sereni. Secondo perché gli specchi sono benevoli, trasformano le nostre coscienze ipocrite in candore.

Alle ore 20,11 termino questo quadernino. È il 16 settembre 2015. Ho scritto una fiaba cattiva sul Natale, perché il Natale è una festa cattiva dove si scoprono i cattivi che fanno i buoni. Punto. Oggi ancora più che mai, a Natale sbucano i cattivi, gli intolleranti, i razzisti eccetera. Ma anche a Capodanno, Pasqua, nelle feste comandate e nelle quattro stagioni. Tutti i giorni. Questa fiabucola mi ha permesso di esprimere il mio stato d'animo che non interessa a nessuno. E di togliermi sassolini dalle scarpe. Di conseguenza, crearmi ancora nemici: i buonisti del Natale. Ma forse tutto questo è solo colpa mia, che sento il peso dei fallimenti e del dolore. In queste righe è venuto fuori il malessere di un buono a nulla, un sincero a tempo determinato come tutti gli altri presepisti.

M. C.

Mondadori Libri S.p.A.

Questo volume è stato stampato
presso ELCOGRAF S.p.A.
Stabilimento - Cles (TN)

Stampato in Italia - Printed in Italy